This book belongs to
Este libro pertenece a:

Liam Smith

ZOOBOOLOO
ZOOLOLOCO

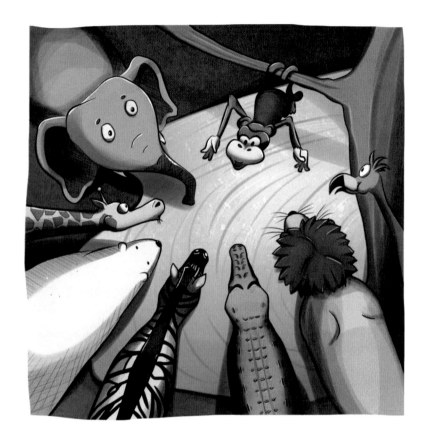

By/Por Christine L. Villa

Illustrations by/Ilustraciones por Kathrina Iris
Translated by/Traducción por Olga E. García

~ Purple Cotton Candy Arts ~

First published in 2021 by/Primera Publicación por 2021Purple Cotton Candy Arts
Sacramento, California
www.purplecottoncandyarts.com

Printed in the United States of America/Impreso en los Estados Unidos de América

Library of Congress Control Number: 2021941107

ISBN: 978-1-7374406-0-4

To all those who want to learn Spanish/
A todos los interesados en aprender español
C.L.V.

For/Para Ray
K.I.

For/Para Vincent, Elena, Sofía y Alexandra
O.G.G.

Have you ever thought about what happens once the gates at the zoo are closed at night? Have you ever wondered if the animals get together and are up to no good? At Zoobooloo, once the sun goes down, strange things happen all time.

¿Has pensado en lo que sucede cada noche cuando el zoológico cierra sus puertas? ¿Te has preguntado si los animales se juntan y vagan por allí? A la caída del sol, en el Zoololoco, siempre pasan cosas extrañas.

One night, at the farthest corner of the zoo, something far beyond strange was happening.

Giraffe thought aloud and said, "I'm tired of standing with these long legs. It must feel good to be closer to the ground."

"Are you kidding me?" asked Crocodile. "There's nothing much to see down here. I betcha the view is better up there. Zip your lip and quit complaining."

Una noche, en lo más recóndito del zoológico, algo sumamente extraño sucedía.

—Estoy harta de sostenerme con estas piernas largas— Jirafa anunció. —Sería maravilloso que estuvieran más cerca del suelo.

—¿Estás bromeando?— preguntó Cocodrilo. —No hay mucho que ver acá abajo. Te apuesto que la vista es mejor allá arriba. Calla y no te quejes.

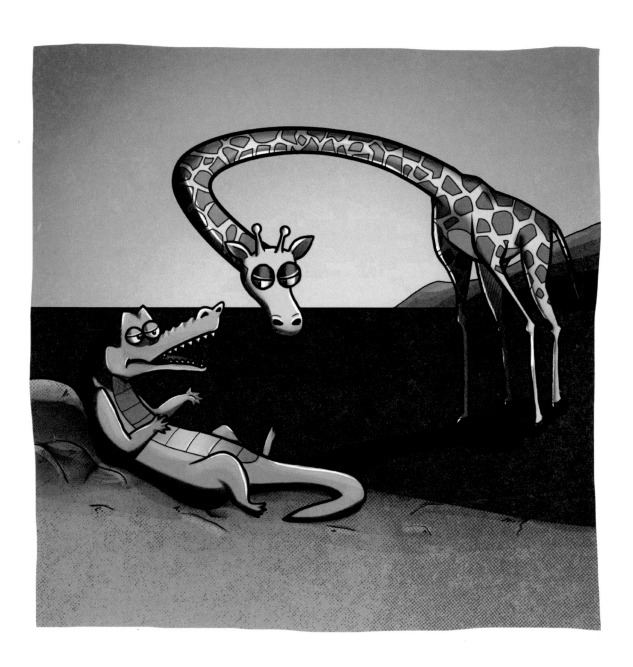

Elephant heard the conversation and said, "I don't blame you Giraffe, I'm super bored with myself, too. I need a makeover. Maybe if I were all white and had black stripes like Zebra, I would look smashing!"

Elefanta escuchó la conversación y exclamó. —No es tu culpa Jirafa. Yo también estoy muy aburrida de mi aparencia y necesito un cambio. ¡Tal vez si fuera blanca y tuviera rayas negras como Cebra, me vería espléndida!

"I'm sure you will!" said Zebra. "I don't mind giving up this old stripy look for your gray suit, as long as Lion permits me to wear his thick mane. I'd do anything to be the most handsome Zebra at Zoobooloo!"

"You can have it any day!" said Lion. "I don't need this silly mane, anyway. It's bothersome! I would be ever grateful to have Elephant's ears to fan myself. A cool lion needs to be cool, you know."

—¡Claro que te verías espléndida!— dijo Cebra. —Yo te daría estas rayas negras mías en cambio por tu piel gris, siempre y cuando que León me permitiría usar su melena. ¡Sería yo la más guapa Cebra del Zoololoco!

—¡Te la regalo!— dijo León. —La verdad es que esta melena no me es útil. ¡Es un fastidio! Yo agradecería por siempre tener las orejas de Elefanta para abanicarme con ellas. Un león fresco es un león con mejor humor, ¿verdad?

Flamingo and Polar Bear heard all the whining. Why shouldn't they whine to each other, too?

Flamingo said, "You're as white as snow. If I were as white as you are, I would stand out in a crowd. I'd give up everything to be extraordinary!"

"And I'd be pretty in pink if my fur were the same color as your feathers," said Polar Bear.

Flamenco y Osa Polar escucharon las quejas. ¿Y por qué ellos no deberían de quejarse también?

Flamenco dijo. —Eres tan blanca como la nieve. Si yo fuera así de blanco, sobresaldría entre miles. ¡Daría todo por ser fuera de serie!

—Y yo me vería hermosa si mi piel fuera rosa como el color de tus plumas— dijo Osa Polar.

Monkey, who was listening from the top of the tree, thought he was the cleverest of them all. He said, "Hey, you guys! I have a brilliant idea! Why don't you do a SWITCH-A-ROO?"

"A SWITCH-A-ROO???" asked all the animals in unison.

"Yeah!" Monkey answered. "Just switch body parts and enjoy the new you. Tomorrow, at exactly 9:00 pm, let's all meet here and have a GRAND SWITCH-A-ROO!"

Everybody excitedly agreed.

Desde lo alto del árbol, Mono escuchaba, y creyéndose el más listo de todos exclamó —¡Oigan, tengo una idea brillante! ¿Por qué no hacemos CAMBA-LA-CHE?

—¿CAMBA-LA-CHE?— preguntaron todos al unísono.

—¡Claro!— contestó Mono. —Intercambiemos alguna parte de nuestro cuerpo y disfrutemos de un nuevo yo. ¡Mañana, a las nueve en punto de la noche, reunámonos aquí y hagamos CAMBA-LA-CHE!

Con gran emoción, todos estuvieron de acuerdo.

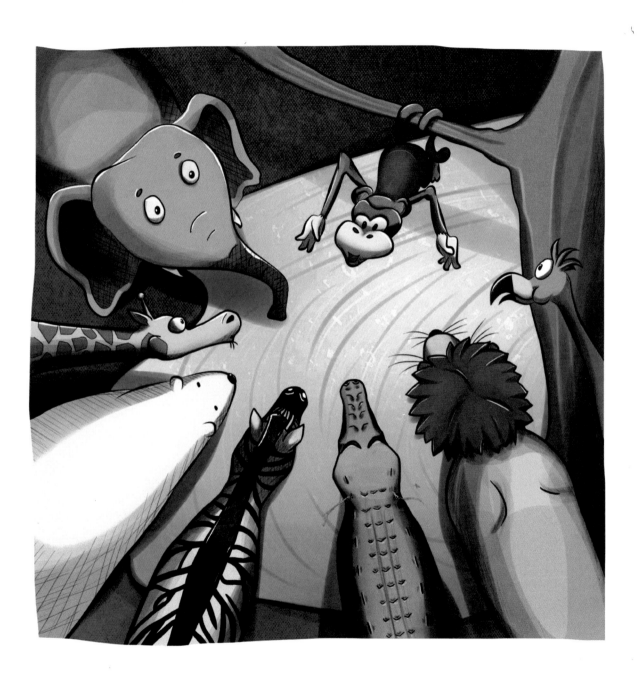

"Unbelievable!" said Hippopotamus. "All of you are wack-a-doodle! It's a ridiculous idea! I would hate to change anything about myself. Why can't all of you have fun just being yourselves?"

—¡Que disparate!— dijo Hipopótamo. —¡Todos son unos luná-ti-cos! ¡Es una idea tonta! Yo no cambiaría nada en mí. ¿Por qué no son felices siendo solamente así como son?

"Leave them alone, Hippo. Let them have their own fantasies. If I could do something to stop myself from laughing, I would do it in a minute," said Hyena.

—Déjalos, Tamo, con sus fantasías. Si yo pudiera evitar estar riéndome siempre, lo haría— dijo Hiena.

The news spread like wildfire at Zoobooloo. Everyone couldn't stop talking about the GRAND SWITCH-A-ROO! Nobody had heard of such a thing before! It was the biggest event in the history of Zoobooloo. Monkey's idea seemed like it could turn out to be a truly brilliant one.

La noticia de cambiar corrió como el fuego en el Zoololoco. No pararon de hablar del GRAN CAMBA-LA-CHE. ¡Nadie había oído nunca semejante cosa! Sin duda sería el evento más grandioso en la historia del Zoololoco. La idea de Mono parecía ser genial.

At exactly 9:00 pm the next day, all the animals gathered to witness the GRAND SWITCH-A-ROO.

Giraffe had Crocodile's short legs.

Crocodile had Giraffe's long legs.

En punto de las 9:00 p.m. del día siguiente todos se reunieron para presenciar el GRAN CAM-BA-LA-CHE.

Jirafa lucía las piernas cortas de Cocodrilo.

Cocodrilo ostentaba las piernas largas de Jirafa.

Elephant had Zebra's white and black stripes. Zebra had Elephant's gray suit and Lion's thick mane. Lion had Elephant's big ears.

Elefanta lucía las rayas blancas y negras de Cebra.
Cebra portaba el gris de Elefanta y la densa melena de León.
León tenía las orejas de Elefanta.

Flamingo was white as snow. Polar Bear was as pink as could be.

Flamenco era blanco como la nieve. Osa Polar era toda rosa.

Nobody said a word. There was dead silence all around. Then, Hyena started laughing hysterically. For the first time, she was so glad she could laugh out loud. It was the funniest sight she had ever seen in Zoobooloo!

Todos callaron. Un rotundo silencio los rodeaba. Fue entonces cuando Hiena empezó a reír histérica. Por vez primera, estaba contenta de poder reír a todo pulmón. ¡Era el panorama más chistoso que ella hubiera visto en el Zoololoco!

"I can't eat the leaves from the top of the tree anymore," said Giraffe.

—Ya no puedo comer las hojas de lo alto de los árboles— comentó Jirafa.

"I hate being up way up here with my long tail hanging down," said Crocodile.

—Desde las alturas no soporto ver como cuelga mi cola— murmuró Cocodrilo.

"I look like a huge cage!" said Elephant.

—¡Parezco una jaula enorme!— exclamó Elefanta.

"I feel uneasy wearing a mane and a gray suit. I don't look handsome at all," said Zebra.

—Me siento incómoda con este vestido gris y esta melena. Ya no me veo guapa— Cebra comentó con tristeza.

"Oh, golly! I can't flap my ears. They are too heavy!" said Lion.

—!Ay, ay! No puedo ya mover mis orejas. ¡Están muy pesadas!— rugió León.

"Oh, no! I look like Swan," said Flamingo.

—¡Ay, no! Me parezco a Cisne— exclamó Flamenco.

"I look ridiculous! Look at me, a big chunk of bubblegum!" said Polar Bear.

—¡Me veo ridícula! ¡Parezco un pedazo de chicle enorme!— Osa Polar dijo.

All of them were so unhappy. What were they thinking? One more day and their lives would be miserable.

Todos estaban tristes. ¡Que ocurrencia habían tenido! Pensaron que vivir un día más así haría la vida insoportable.

Before the gates of Zoobooloo opened the next day, Giraffe, Crocodile, Elephant, Zebra, and Lion switched back their body parts.

Al día siguiente, antes de que las puertas del Zoololoco se abrieran, Jirafa, Cocodrilo, Elefanta, Cebra, y León cambiaron de nuevo entre sí partes de su cuerpo.

Similarly, Flamingo and Polar Bear switched back their colors.

De igual manera, Flamenco y Osa Polar intercambiaron sus colores.

Everybody was so relieved to look like their old selves again. After seeing what had happened, not a single animal at Zoobooloo dared to have another GRAND SWITCH-A-ROO.

Nobody mentioned what had happened that night to any outsiders, either. Thank goodness Zoobooloo keeps its own secrets! Whatever happens at Zoobooloo stays in Zoobooloo.

Todos estaban muy contentos de volver a ser lo que eran. Nunca más los animales en el Zoololoco se atrevieron a tener otro GRAN CAMBA-LA-CHE.

Solo ellos saben de lo acontecido esa noche. ¡Que afortunados de que el Zoololoco sepa guardar secretos! ¡Todo lo que pasa en el Zoololoco se queda en el Zoololoco!

DRAWING AND COLORING PAGES/
PÁGINAS PARA DIBUJAR Y COLOREAR

Meet the Author/Conozca a la autora – Christine L. Villa

I'm a poet and a children's writer residing in California, USA. I love visiting zoos and aquariums. If I were to switch body parts with an animal, I would love to have butterfly wings. But then if I did, I would be spending more time in rose gardens and never have any time to write at all.

Soy poeta y escritora de cuentos para niños. Resido en California, USA. Amo visitar zoológicos y acuarios. Si pudiera cambiar alguna parte de mi cuerpo con un animal, me gustaría tener las alas de la mariposa. Pero si esto lo hiciera realidad, me pasaría la mayoría del tiempo en jardines de rosas y no contaría con tiempo para escribir.

Meet the Illustrator/Conozca a la ilustradora – Kathrina Iris

I'm a graphic designer based in the Philippines, specializing in vibrant and cheerful illustrations. I adore four-legged furry animals which include lions, tigers, bears, and especially my two pet dogs.

Soy ilustradora gráfica y resido en Las Filipinas. Me especializo en ilustraciones vibrantes y alegres. Amo a los animales de cuatro patas como leones, tigres, osos y sobretodo a mis dos adorables perros.

Meet the Translator/ Conozca a la traductora – Olga E. Garcia

I love poetry and translation. I am a Mexican who lives in California, USA, where my garden rejoices with hummingbirds, bees, and butterflies.

Amo la poesía y la traducción. Soy originaria de México y resido en California, USA donde mi jardín se alegra con colibríes, abejas y mariposas.

Made in the USA
Coppell, TX
23 August 2021

61022209R00033